Título
Esposa Submiss[...]
De
Erika Sanders
Serie
Coleção Dominação Erótica

Sinopse

Rachel e Roger são um casal normal, casado há vinte anos.

Seus filhos já estão na universidade e vivem sozinhos em casa.

Mas o marido não está satisfeito com suas relações sexuais, o que as considera chatas, então decide que elas devem seguir o conselho de um conselheiro matrimonial muito particular.

Quem é esse conselheiro matrimonial que Roger especialmente recomenda à sua esposa para melhorar suas ... técnicas sexuais?

Esposa Submissa é um romance com forte conteúdo erótico de BDSM e, por sua vez, um novo romance pertencente à coleção Erotic Domination, uma série de romances com alto conteúdo de BDSM romântico e erótico.

(Todos os personagens têm 18 anos ou mais)

Nota sobre a autora

Erika Sanders é uma escritora conhecida internacionalmente, traduzida para mais de vinte línguas, que assina os seus escritos mais eróticos, longe da sua prosa habitual, com o seu nome de solteira.

Índice

ESPOSA SUBMISSA
ERIKA SANDERS

PRIMEIRA PARTE:
20 anos de casamento

CAPÍTULO 1

Foi mais uma noite de sexo sem graça.

Mas nenhum deles reclamou.

Após 20 anos de casamento, o sexo se tornou uma rotina mais do que qualquer outra coisa.

Rachel voltou para a cama depois de lavar entre as pernas.

Ela apagou a luz, ficou embaixo das cobertas e deitou-se ao lado do marido.

"Isso foi adorável", disse ele.

"Foi", respondeu Roger. "Um pouco melhor desde que os meninos vão para a faculdade, certo?"

Ela o cutucou com o cotovelo.

"Que coisa horrível você diz."

"Mas você tem que admitir que é bom que não tenhamos mais que manter as coisas em silêncio. E podemos deixar a porta aberta".

Rachel pensou por um momento.

"Acho que sim. Mas ainda sinto muita falta deles."

"Eu também."

Ela fechou os olhos.

"Boa noite."

"Boa noite, querida", ele respondeu, beijando-a na testa.

CAPÍTULO 2

O dia seguinte foi um dia de trabalho típico para Rachel.

Ela era contadora de uma empresa de contabilidade de nível médio.

Com o recente crescimento econômico no centro da cidade, ele tinha muito trabalho a fazer para novos clientes.

Durante o almoço, ela comeu com o mesmo grupo de mulheres que havia comido nos últimos anos.

Eles conversaram sobre seus tópicos habituais: fofocas, notícias sobre entretenimento, família, filhos, novas receitas etc.

Eles eram todos melhores amigos e sempre gostaram da companhia um do outro.

Eram quase seis da tarde quando Rachel chegou em casa.

O carro de Roger já estava na garagem.

Quando ele entrou na casa, estava particularmente quieto.

Roger costumava dizer rapidamente "olá".

Ela ligou para ele, mas não obteve resposta.

Quando Rachel entrou na cozinha, um par de braços envolveu seu corpo por trás.

As mãos tocaram seu peito lascivamente.

Ela gritou em voz alta.

"Está bem!" ele disse, liberando-a. "Sou eu! Sou eu!"

Ela rapidamente se virou para ver um olhar atordoado no rosto de Roger.

Ele claramente não esperava que sua esposa reagisse assim.

"Deus! Roger! Você nunca mais me assusta assim!"

"Queria te surpreender".

"Como isso foi uma surpresa?" ela estava furiosa. "Você me assustou à luz do dia. Eu pensei que eles estavam me atacando!"

"Desculpe. Eu só estava tentando ser romântico."

"Não há nada romântico em ser tocado dessa maneira."

"Desculpe. Eu não farei isso de novo."

Rachel levou um momento para se acalmar.

"Eu não quis ficar tão bravo. É apenas, por favor, seja um pouco mais atencioso com suas surpresas, ok?"

"Nós nunca mais nos divertimos. Você notou?"

"Por favor, Roger, não estou com disposição para isso agora."

"Ok", ele assentiu em derrota.

Rachel se virou e foi para o quarto para trocar de roupa.

Sentou na cama e suspirou.

CAPÍTULO 3

No dia seguinte.

Rachel estava na frente do computador fazendo seu trabalho de contabilidade.

O telefone dele tocou.

Era o marido dela.

Ela atendeu a ligação e, quando Roger disse que era importante, ela disse para esperar um momento enquanto saía para ter mais privacidade.

Ele se perguntou sobre o que seria a ligação.

Roger raramente ligava enquanto ela estava no trabalho.

Ele supôs que não poderia ser por causa de sua luta ontem, porque ele já havia resolvido na mesma noite.

"Sim?" Ele disse quando estava do lado de fora, longe dos outros colegas de trabalho.

"Vamos fazer uma viagem na próxima semana", ele respondeu sem rodeios. "Há um lugar tranquilo onde podemos chegar perto da costa."

"Eu realmente não posso. As coisas estão muito ocupadas com o meu trabalho agora."

"A minha também é assim. Mas podemos fazer um buraco. Podemos ir na próxima sexta-feira e passar o fim de semana. Apenas tire um dia de folga do trabalho."

"Mas não há necessidade disso", respondeu ela, tentando argumentar com ele. "Eu não estou bravo com você. Não esclarecemos isso ontem à noite?"

"Não é sobre ontem. É sobre o nosso casamento."

Essas palavras enviaram um choque completo pela espinha aos pés de Rachel.

Ele sempre assumiu que seu casamento era forte e que deu a Roger tudo o que ele sempre quis de uma esposa.

"Nosso casamento está com problemas?" ela perguntou.

"Não fale assim. Mas há uma maneira de tornar nosso casamento ... melhor ..."

Outro sinal caiu em sua espinha.

"Sobre o que é essa viagem?"

"Acho que há alguém que pode nos ajudar."

"Um conselheiro matrimonial?" ela perguntou surpresa.

Parou por um momento.

"Sim. Algo assim. Um conselheiro matrimonial."

"Não estamos fazendo tanto mal, estamos? Pensei ... pensei ..."

A voz de Rachel estava ficando sufocante e seus olhos estavam molhados.

"Não estamos fazendo nada de errado", respondeu ele, tentando tranquilizá-la. "Mas acho que podemos melhorar. Isso é algo em que venho pensando há algum tempo."

"Tudo bem. Se você acha que é o melhor."

"Obrigado, querida. Me desculpe, eu liguei para você no trabalho. É uma coisa de última hora. Ela tinha uma vaga de última hora em sua agenda e queria tirar vantagem disso."

Rachel levantou uma sobrancelha.

"Ela? O conselheiro é uma mulher?"

"Sim."

"O que você sabe sobre essa pessoa? Por que precisamos viajar tão longe para ele?"

"Vou explicar mais tarde. Mas ela tem uma reputação única. E acho que ela fará maravilhas por nós."

"Se é isso que você quer, tudo bem."

"Estou feliz que você esteja aberto a isso. Vamos discutir os detalhes hoje à noite."

"Tudo bem tchau."

"Adeus."

A ligação terminou e Rachel ficou chocada com o telefone na mão.

Uma bomba caíra sobre ela, mas ela percebeu que faria o que fosse necessário para manter seu casamento forte.

CAPÍTULO 4

Vários dias depois.

Rachel estava de pé no quarto dobrando as roupas para a próxima viagem.

Ela sabia que o tempo estava quente, então ela arrumou as camisetas, shorts, sandálias e trajes de banho que Roger disse para ela vestir, pois eles estariam perto da praia.

Ela não queria ir, não apenas porque a idéia lhes custaria milhares de dólares, mas porque ela precisava passar muito tempo no trabalho, e esse dia perdido seria um dia que ela teria que compensar.

Mas se isso era a melhor coisa para o seu casamento, então você não queria brigar por isso.

O que mais o incomodava era que Roger estava sendo extraordinariamente escasso e preguiçoso em relação ao aconselhamento matrimonial.

Em todos os anos de casamento, eles sempre foram abertos a tudo.

Nunca houve segredos.

Nunca houve mentiras.

É por isso que o casamento deles foi tão bem sucedido.

Até agora...

Ela passou muito tempo se perguntando por que Roger queria ver um conselheiro.

O que acontece com o nosso casamento?

Eu pensei que estava tudo bem.

Eu pensei que tudo estava perfeito entre nós.

É sexo?

Já não sou bom o suficiente?

Você quer mais alguém?

Ele está tendo um caso?!

A mala estava quase cheia.

Só faltava colocar o maiô.

Havia um casal de velhos em seu armário.

Que ela não usava há anos.

Ele se despiu na frente do espelho.

Ela olhou para o corpo nu.

As leves linhas em seu rosto haviam crescido.

Seus seios anteriormente muito alegres começaram a ceder.

Seus quadris estavam ficando mais grossos, apesar da aeróbica.

A verdade é que não é de admirar que Roger queira ver um conselheiro.

Ela vestiu o maiô e posou na frente do espelho.

Você vai gostar disso.

Naquele momento, Roger deixou seu escritório em casa e se aproximou de Rachel com uma careta.

"O que acontece?" ela perguntou, ainda de maiô.

"Acabei de falar com meu chefe. Um de nossos clientes acabou de entrar com um processo multimilionário. Não posso mais viajar."

Ela o olhou nos olhos e sabia que Roger estava dizendo a verdade.

Um raio de esperança passou pela mente de Rachel.

Ela estava feliz que a viagem provavelmente tivesse sido cancelada.

"Isso é muito ruim", ela respondeu. "Isso significa que a viagem foi cancelada?"

"Não faz sentido cancelar a viagem inteira porque eu já paguei os vôos e as providências consultivas. Você deve ir sozinho."

Ela estava surpresa.

"Você quer que eu veja um conselheiro matrimonial sozinho? Qual é o sentido disso?"

O suspiro.

"Rachel, eu te amo muito. Eu te amo mais do que tudo. Você é o amor da minha vida."

"Oh Deus, você está tendo um caso. Não é? Há mais alguém, certo?"

"Não, não é assim", disse ele enfaticamente. "Eu nunca trairia você. Eu nunca o fiz e nunca o farei."

"Então, o que está acontecendo? Nos últimos dias, você foi muito evasivo com esta viagem. Nunca antes você foi tão reservado."

Ele suspirou novamente e balançou a cabeça.

"Desculpe. Não fui completamente honesta com você. Acho que não sou tão corajosa quanto pensei."

"Diga-me o que é isso?"

"Confia em mim?"

"Claro que sim. Se você tiver um caso, apenas me diga. Nós podemos descobrir."

"Eu não estou tendo um caso, Rachel. Mas acho que deve haver mudanças em nosso casamento."

"Eu não sou mais bom o suficiente?" ela perguntou.

"Pare de dizer coisas assim. Você é minha esposa. Eu te amo mais do que qualquer coisa."

"Então por que você não está sendo honesto comigo?" exigido.

Ele balançou sua cabeça.

"Estou tentando ser honesto. Mas não posso. Isso não é fácil. Acredite, eu gostaria que tudo fosse fácil."

"Eu não te entendo mais, Roger."

Uma tristeza apareceu em seu rosto.

"Você pode me prometer que ainda vai? Eu sei que é difícil continuar assim, mas eu não perguntaria a menos que achasse que isso poderia ajudar a salvar nosso casamento."

"Você acha que nosso casamento precisa ser salvo?" ela perguntou, com lágrimas nos olhos.

"Por favor, não torne isso mais difícil, Rachel. Você pode me prometer que irá sozinha? Quero que conheça a conselheira e ouça o que ela tem a dizer. Apenas ouça e, se você não gostar, volte para casa. Por favor, Peço ".

Lágrimas já estavam escorrendo pelo rosto dela.

Rachel se afogou neles e mal podia falar.
Então ela abraçou o marido e deu-lhe um grande abraço sufocante.
Ele não ia perder o casamento, então não importa o custo.

SEGUNDA PARTE:
Lady Samantha e a esposa

CAPÍTULO 5

Rachel viu um homem bem vestido depois de deixar o terminal do aeroporto com sua bagagem.

O homem estava segurando uma placa com o nome dele.

Eles falaram e confirmaram a identidade de ambos.

Ela entrou no carro de luxo por uma viagem de cerca de trinta minutos até chegarem ao destino.

Ela esperava chegar a um prédio de escritórios.

Mas ele ficou surpreso ao ver que o destino era na verdade uma casa grande perto da praia, que mais parecia uma mansão.

O dono do lugar era uma pessoa muito rica.

E o proprietário definitivamente não era um conselheiro matrimonial comum.

O carro parou na calçada.

O motorista foi até o porta-malas para retirar a bagagem.

Nesse momento, a porta da frente da mansão à beira-mar se abriu e uma mulher alta e escultural apareceu.

Ela parecia deslumbrante, na casa dos trinta, com longos cabelos ondulados e um corpo modelo.

"Você deve ser Rachel", a mulher sorriu. "Eu ouvi coisas maravilhosas sobre você."

"Essa sou eu. E você é?"

"Samantha. Bem-vindo à minha casa."

As duas mulheres apertaram as mãos calorosamente.

"Que lugar bonito. Eu certamente não esperava nada assim."

"A maioria das pessoas não. É uma pena que seu marido não tenha podido vir".

"Você conhece meu marido?" Rachel perguntou.

"Viajo muito com meu pai a negócios e já vi seu marido várias vezes. Mas podemos conversar mais sobre isso mais tarde. Tenho certeza de que você está exausta. Deixe-me mostrar-lhe primeiro o seu quarto."

Samantha levou Rachel junto com o motorista pelas escadas da grande mansão até o quarto de hóspedes.

O motorista colocou a bagagem no quarto e saiu.

Rachel estava em constante estado de admiração enquanto olhava para a mansão.

Ele não conseguia descobrir quanto tudo valeria a pena.

"Vou deixar você tomar banho e descansar", disse Samantha. "As toalhas estão no mesmo banheiro. Venha para a praia por volta das seis da tarde. Podemos assistir o pôr do sol juntos e tomar um pouco de suco de frutas frescas."

"Isso parece delicioso".

Samantha sorriu.

"Nos vemos então".

CAPÍTULO 6

Rachel tomou um banho frio e relaxou.

O quarto de hóspedes da casa era melhor do que qualquer quarto de qualquer hotel de luxo em que ele havia ficado.

Tudo era puro luxo e classe.

Ele se perguntou o que Roger havia planejado.

* * *

Seis horas chegaram e Rachel desceu as escadas, vestida casualmente para o clima quente em que estavam.

Ele saiu para a praia e descobriu que a vista era linda.

Eu tinha esquecido o quão bonito o oceano poderia ser, especialmente durante o pôr do sol.

Ele viu Samantha parada ali, admirando a vista do oceano.

"Você tem muita sorte de poder aproveitar isso todos os dias", disse Rachel.

"Em efeito."

"Então, o que exatamente você está fazendo aqui?"

"O que Roger disse para você?"

"Infelizmente, não muito. Só que você é uma espécie de conselheira matrimonial. Mas, pelo que parece, não tenho mais certeza de que seja esse o caso."

"Faço várias coisas", respondeu Samantha. "Realizo alguns empreendimentos imobiliários e de desenvolvimento em nome de meu pai. Mas também faço favores para as pessoas. Favores que realmente gosto de dar".

"Como? Aconselhamento matrimonial?"

Samantha mostrou um sorriso lindo.

"Você pode dizer assim também."

"Por que todo mundo é tão vago sobre isso? Existe um segredo que eu não deveria saber?"

"Se você quer saber a verdade, ajudei muitos casais ao longo dos anos. Não ligo para o dinheiro. Faço isso por prazer. Gosto de ajudar."

"E como exatamente você ajuda esses casais?" Rachel perguntou.

"Como você pensa? Qual é a base de um bom relacionamento?"

"Amor", respondeu Rachel.

"Sexo", Samantha piscou. "Ajudo casais a fazer sexo trabalhar para eles."

Rachel ficou chocada até o âmago, mas não deixou seu rosto mostrar isso.

Ela ficou surpresa que seu amado marido de vinte anos estivesse pensando nisso quando ele lhe falou sobre ela.

"Então você é uma terapeuta sexual?"

"Eu realmente não gosto de etiquetas", respondeu Samantha. "Mas eu sei muito sobre sexo. Sei do que as pessoas gostam e como elas podem ser melhoradas. É um talento natural que tenho."

"Eu não acho que isso seja certo para mim. Obrigado pela gentil hospitalidade, mas eu deveria ir. Vou pegar o próximo vôo para casa."

"Você acabou de chegar".

"Eu sei, mas..."

"Roger me avisou que você ficaria preocupado com isso."

"Você dormiu com ele?" Rachel perguntou sem rodeios.

"Não. Acredite, seu marido é um homem fiel. Eu apenas olhei para ele e sabia que sua vida sexual era muito pobre. Então, quando encontrei uma oportunidade no meu horário, fiz uma oferta ao seu marido."

Rachel estreitou os olhos.

"Sim, em troca de vários milhares de dólares do dinheiro do meu marido, certo?"

"Como eu disse, dinheiro não significa nada para mim. Olhe ao redor, eu não preciso do dinheiro do seu marido. Mas se eu não cobrar das pessoas, terei uma longa fila de homens esperando do lado de fora da minha porta para obter serviço gratuito . "

"Bem, obrigado pela hospitalidade. Não quero perder seu tempo. Isso não é para mim. Vou pegar o próximo vôo disponível."

Samantha acenou com a cabeça.

"Isso é perfeitamente compreensível. Você pode ficar aqui o tempo que quiser. Meu motorista o levará quando quiser. Devolverei o dinheiro do seu marido o mais rápido possível."

"Obrigado."

"Boa sorte no seu casamento", disse Samantha, voltando sua atenção para o pôr do sol.

Rachel parou por um longo momento.

"O que você sabe sobre o meu casamento?"

"Seu marido queria isso por uma razão específica. Então eu sei que sua vida sexual deve ser incrivelmente chata e monótona."

"Há mais no casamento do que apenas sexo. Nós nos amamos. Somos grandes parceiros na vida."

"Continue dizendo isso", respondeu Samantha. "Seu marido obviamente sente que algo está faltando no seu relacionamento. Mas se você acha que tudo está perfeito, sinta-se à vontade para sair."

Rachel fez outra longa pausa.

"Se eu ficar aqui, quero dizer, nos próximos dias, o que vai acontecer? O que vou fazer aqui?"

"Se você ficar, eu vou te ensinar as alegrias da dominação e da submissão. Essa é a minha especialidade. Alguém como Roger precisa sentir que ele é o homem no relacionamento. Eu posso te ensinar como servi-lo adequadamente."

"Parece um pouco bruto."

"Sexo é cru. Mas também é bonito. Quando foi a última vez que você teve um orgasmo alucinante? O tipo que deixa uma poça entre suas pernas."

"Eu não lembro", respondeu Rachel. "Anos. Talvez mais."

"Coitadinho. Mas eu posso consertar isso. Mulheres mais velhas, principalmente esposas, são uma especialidade minha."

"Nós não vamos ... você sabe ..."

"Vamos. Vamos fazer tudo juntos."

"Eu não posso fazer isso", respondeu Rachel. "Isso é loucura. Eu nunca fiz nada com outra mulher antes."

Pense nisso como uma experiência de aprendizado. Além disso, não é louco se seu marido acha que é benéfico. "

"Você certamente está muito empolgado com todo esse projeto."

Samantha sorriu.

"Você deveria estar também."

"Agora o que então?"

"Agora, eu estou voltando para dentro para me preparar para o jantar. Meu chef está fazendo algo delicioso. Se você quiser ficar, junte-se a mim para jantar. Se você quiser sair, converse com meu motorista."

"Eu quero ficar."

"O jantar deve estar pronto em breve. Podemos nos conhecer melhor. Amanhã é quando a verdadeira diversão começa."

Samantha mostrou outro sorriso cheio de insinuações.

Então ele se virou para entrar em sua grande mansão.

CAPÍTULO 7

No dia seguinte.

Uma pequena parte da equipe serviu o café da manhã ao ar livre.

Tudo foi tratado adequadamente.

Toda a comida foi preparada na hora.

As duas mulheres desfrutaram da companhia uma da outra enquanto tomavam café da manhã.

"Eu realmente posso me acostumar com isso", brincou Rachel.

Samantha piscou para ele.

"Quem geralmente cozinha em sua casa? Suponho que é você. Você parece uma mulher muito doméstica."

"Fui criado à moda antiga. Venho de uma longa fila de donas de casa."

"Típico. Você tem aquele visual conservador clássico."

"Eu ouço muito", Rachel deu de ombros. "Mas por um bom motivo. Adoro cuidar da minha família. Adoro ser a mãe e esposa ideal para elas."

Samantha acenou com a cabeça.

"Tenho certeza que Roger aprecia tudo o que você faz em casa."

"Sim", respondeu Rachel. "Tenho muita sorte de tê-lo. A maioria dos maridos não aprecia o trabalho que suas esposas fazem por eles."

"Roger te recompensa? Ele permite que você chupe seu pau?"

"Desculpe?"

"Roger deixa você chupar o pênis dele quando você é uma boa garota?"

Rachel ficou surpresa com a conversa obscena no café da manhã, especialmente na frente da equipe.

As conversas atrevidas sobre sexo sempre lhe pareceram de mau gosto.

"Eu não acho que é da sua conta", respondeu Rachel.

"Não é mesmo? Eu pensei que você queria minha ajuda."

"Suponho, mas ..."

"Seja honesto. Somos duas mulheres adultas. E minha equipe é muito discreta. Só estou tentando ajudá-lo."

Rachel deu um leve suspiro.

"Eu faço isso por ele, apenas algumas vezes. Eu realmente não gosto de fazer isso"

"Então, em que consiste sua vida sexual com Roger? Ele sobe em cima de você, dá-lhe alguns giros e depois corre?"

"Basicamente."

Samantha quase riu.

"Essa não é uma ótima vida sexual. Parece mais uma formalidade."

"Isso funciona para nós."

"Obviamente não. Roger quer você aqui por uma razão. Eu odeio dar a notícia para você, mas Roger é um garoto normal e excitado. Ele adora sexo. E ele adora boquetes. Mas ele é tímido demais para pedir favores à sua linda esposa pequena. extra ".

"Você está sendo presunçoso."

Samantha levantou uma sobrancelha.

"Eu estou sendo? Roger já rejeitou o sexo? Ele parece um garoto do ensino médio toda vez que você chupa seu pau? Você sabe que eu estou certo. Todos os homens são iguais quando se trata de sexo."

"Não foi assim que eu cresci", Rachel disse depois de uma longa pausa. "Você provavelmente está certo sobre Roger. Mas eu não sei mais como agradá-lo."

Samantha estalou os dedos e alguém da equipe trouxe um brinquedo sexual em uma bandeja de prata.

Samantha pegou e a equipe foi embora.

O brinquedo sexual cor de carne tinha o formato do pênis de um homem.

"É incrível o quão realistas esses brinquedos para adultos se tornaram", disse Samantha, segurando-o alto e espantado.

Embora estivessem ao ar livre, Samantha não parecia se importar em segurar um vibrador.

Rachel se sentiu um pouco desconfortável, mesmo que não houvesse mais ninguém por perto.

"Você não tem medo de que alguém possa aparecer e vê-lo com isso?" Rachel perguntou.

"É perfeitamente legal ter um brinquedo sexual no estado".

Rachel assentiu timidamente.

"Tem razão."

"Também não há nada errado em beijar um."

"Que queres dizer?"

Samantha sacudiu levemente o vibrador.

"Vá em frente, beije-o."

"Por quê?"

"Estou curioso para saber como você fica com um pênis na boca."

Rachel parecia nervosa quando Samantha lhe entregou o vibrador, que estava apontado para o rosto dela.

Ela imaginou que discutir seria inútil.

Ela era uma convidada em uma casa de luxo.

Ela sabia que seria rude negar o pedido.

Ele se inclinou para a frente na mesa e beijou a cabeça do vibrador.

"Agora abra seus lábios", disse Samantha. "Leve-o para dentro."

Rachel se sentiu estranha, mas fez isso de qualquer maneira.

Ela deixou o brinquedo sexual entrar em sua boca.

Samantha começou a empurrar e puxar o vibrador na boca de Rachel para simular sexo oral.

"Isso é tudo?", Disse Samantha, observando atentamente. "Chupe. Tudo assim. Imagine que é do Roger."

Ao ouvir essas palavras, Rachel acendeu um fogo.

Ela chupou mais, mais rápido e mais.

Ela realmente começou a fazer sexo oral com vibrador.

Antes que Rachel pudesse continuar, Samantha removeu o vibrador da boca e Rachel se recostou na cadeira.

"Nada mal", disse Samantha. "Mas suas habilidades no boquete podem melhorar um pouco. Vamos trabalhar nisso mais tarde. Acho que Roger ficará muito feliz quando você voltar para casa."

"Espero que sim", Rachel corou.

Samantha sorriu.

"Temos um longo dia de treinamento pela frente. Vamos terminar nosso café da manhã e aproveitar o nosso tempo."

Eles tomaram seu café da manhã novamente.

Rachel olhou para a comida, mas ainda estava pensando nas últimas palavras de Samantha.

Treinamento? O que diabos ele quis dizer com isso?

CAPÍTULO 8

O quarto de Samantha consistia em uma área grande e espaçosa.

E era simples, mas elegante.

Os móveis pareciam rústicos e caros.

A varanda estava aberta e tinha uma vista perfeita do oceano.

"O marido dela me disse seu tamanho e medidas", disse Samantha. "Então fui em frente e comprei um novo guarda-roupa para você."

Havia uma mala no meio da sala.

Samantha a abriu para revelar uma grande variedade de roupas, muito reveladora e uma grande variedade de roupas íntimas.

Rachel ficou estupefata.

"Isso é tudo para mim?"

"Tudo nessa mala é para você. Eu também comprei um novo kit de maquiagem."

"O que há de errado com a minha maquiagem?"

"Nada se você for contador", respondeu Samantha. "Mas se você quiser dar ao seu marido uma ereção constante, precisará trabalhar um pouco mais".

"Roger gosta do jeito que eu gosto."

"Você é uma mulher muito bonita. Tenho certeza de que Roger acha que você é a mulher mais bonita do mundo. Mas às vezes os homens querem apenas uma prostituta suja no quarto. Esses são os fatos."

Rachel fez uma pausa.

"Eu não sou mais exatamente uma jovem mulher."

"Não há absolutamente nada de errado com mulheres da sua idade. Todo mundo adora mulheres mais velhas. Eu adoro mulheres mais velhas."

"Então o que estamos fazendo?"

"É bom ser uma dona de casa primitiva e adequada. Mas também é bom ser uma vadiazinha suja no quarto de vez em quando. É isso que eu vou te ensinar."

Rachel respirou fundo.

"Tudo bem. Vou manter a mente aberta para o que você tem a dizer."

"Bom. Agora tire a roupa."

"Me perdoe?"

"Tire a roupa. Tire a roupa. Tudo isso."

"Por quê?"

"Eu pensei que você disse que estava mantendo a mente aberta" Samantha disse com uma sobrancelha levantada. "Se você quer minha ajuda, ouça o que tenho a dizer."

Rachel já sabia que discutir com Samantha nunca foi uma estratégia vencedora.

Ela respirou fundo para obter coragem e, hesitante, tirou as roupas, dobrando cuidadosamente cada peça de roupa e colocando-a na cama próxima.

Foi um pouco embaraçoso para Rachel se despir na frente de Samantha, já que seu corpo era envelhecido, e Samantha era muito jovem e em forma.

Mas Rachel disse a si mesma que era como se despir na frente do médico.

Samantha provavelmente tinha visto muitas mulheres nuas da idade dela.

Ela viu tudo.

Quando esta viagem terminar, nunca mais a verei.

Então, quem se importa se ela me vê nua?

Ela tirou todas as suas roupas e, no final, Rachel estava completamente nua na frente de uma mulher muito mais jovem e atraente.

"Muito feminina e bonita", disse Samantha com uma pequena dica enquanto assentia.

"Assim você acha?"

"Como eu disse, adoro mulheres mais velhas. E amo donas de casa. Acho que você é extremamente atraente."

Rachel encolheu os ombros.

"E o que vem depois?"

"Me siga."

Samantha levou Rachel para a cômoda.

Rachel sentou-se em frente ao grande espelho e uma mesa cheia de produtos de beleza de grife.

Ambos olharam para o reflexo em topless de Rachel no espelho.

Então Samantha usou um guardanapo úmido para limpar a maquiagem de Rachel até que seu rosto estivesse limpo.

As rugas e linhas da idade no rosto de Rachel se tornaram mais aparentes.

"Você tem tanta beleza natural, Rachel. Você é muito bonita."

"Obrigado."

"Mas não estamos interessados em beleza no momento", disse Samantha. "Estamos interessados em sexy. Você está pronta para isso, Rachel?"

"Acho que sim."

"Vamos começar."

Samantha foi diretamente ao trabalho de aplicação de cosméticos.

Ela habilmente aplicou uma camada de blush, sombra, rímel, delineador e um tom brilhante de batom vermelho.

Segundo a segundo, a dona de casa recatada viu sua aparência se transformar.

Quando ela terminou, Rachel mal conseguia se reconhecer.

"O que você acha?" Samantha perguntou, orgulhosa de seu trabalho.

"Parece ... parece ... interessante ..."

Samantha deu um tapinha nos ombros da mulher.

"Você vai se acostumar. Apenas lembre-se, isso é só para você e Roger. Ninguém mais."

 ERIKA SANDERS

"Entendi."

"Agora, vamos te vestir, ok?"

Rachel se levantou e seguiu Samantha na grande sala.

Samantha enfiou a mão dentro da mala e tirou uma túnica vermelha fina.

"Tente fazer isso", disse Samantha. "E olhe-se no espelho."

Rachel olhou para seu reflexo nu no espelho enquanto vestia o roupão.

Era escasso, fino e pequeno.

Acima de tudo, era semi-transparente.

A cor de seus mamilos e pelos pubianos era totalmente visível.

"É um pouco revelador, você não acha?" Rachel expressou o que era óbvio.

"Essa é a ideia. Quando você estiver em casa, eu quero que você use isso para Roger o tempo todo. Será um casamento mais feliz."

"Você quer que eu fique praticamente nua o tempo todo?"

"Pense bem, Roger argumentaria com você enquanto seus mamilos estão expostos?"

"Essa é certamente uma maneira divertida de ver as coisas", Rachel respondeu com uma risada.

Samantha sorriu.

"Eu ajudei muitos casais ao longo dos anos. Confie em mim, eu sei do que estou falando."

As duas mulheres sorriram divertidamente uma para a outra antes que ela experimentasse mais roupas.

CAPÍTULO 9

Mais tarde naquele dia.

Rachel estava em um estado de profundo relaxamento.

Eu estava na sala de spa, sozinha com uma massagista treinada.

Sua mente se afastou quando suas costas receberam uma massagem especializada.

Foi uma benção.

"Estou feliz que você esteja se divertindo", disse Samantha, entrando no spa.

"Isso é o céu."

"Uma boa massagem é sempre divina. Desculpe interromper, mas acabei de falar com meu pai ao telefone. Algo aconteceu."

Rachel sentou-se para ouvir as notícias.

Seus seios apareciam, mas ela não se importava.

"Esta tudo bem?" ela perguntou.

"Está tudo bem. Mas meu pai está tendo um grande jantar com vários de seus parceiros de negócios, e ele quer que eu me junte a ela. Ele me quer atualizado. Além disso, sou ótimo em receber convidados."

"Eu deveria estar indo?" Rachel perguntou, secretamente temendo o pior.

"Não, não. Mas não tenho certeza de que horas voltarei, então fique à vontade em minha casa. Já instruí a equipe a fazer um bom jantar para você. Faça o que quiser depois. Existem livros, filmes, música, o que você quiser. Minha equipe o ajudará com o que você precisar. "

"Obrigado, você é muito gentil."

Samantha levantou uma sobrancelha.

"Se você estiver com disposição para algo um pouco mais provocativo, tente a coleção de DVDs no meu quarto. Quem sabe, você pode ver algo que você gosta."

"Eu vou manter isso em mente", respondeu Rachel, sem saber como interpretar as insinuações.

"Divirta-se. Vou tentar voltar em breve."

"Que tenha uma boa noite."

Samantha sorriu e saiu.

CAPÍTULO 10

Naquela mesma noite.

A luxuosa mansão parecia um pouco chata sem seu dono.

Depois de um jantar cedo, Rachel assistiu o pôr do sol e explorou a casa mais uma vez.

Ele deu uma olhada no que tinha para a coleção de home theater e música, mas nada o interessou.

Agora ele estava assistindo televisão na sala de estar.

As notícias eram a única coisa que o interessava.

Ele se perguntou como Roger estava indo.

Ela se perguntou se Roger sentiria falta dela.

O tédio veio.

Eram onze horas da noite e Rachel decidiu ir para a cama.

No caminho para o quarto, ele passou pelo quarto de Samantha.

A porta estava aberta.

A oferta de assistir seus DVDs privados ainda estava na mente de Rachel.

Porque não?

Ela me convidou para entrar em seu quarto para assistir.

Rachel entrou no quarto principal e foi à grande televisão.

Os DVDs não foram difíceis de encontrar.

Havia mais de 200 DVDs, ele estimou.

Todos os DVDs eram caseiros.

Cada DVD tinha um nome escrito, junto com uma data.

Rachel ligou a televisão e o DVD player.

Ela selecionou um DVD aleatório intitulado: Joseph 03-07-2018

O DVD começou e Rachel sentou na cama.

Ela ficou surpresa com o que viu.

Um homem nu apareceu na tela.

Ele era de meia-idade e estava em forma normal.

Ele tinha o rosto de um empresário de sucesso.

Seu pênis era pequeno e flácido.

Ele parecia tímido.

Eu estava olhando diretamente para a câmera.

Ele estava em pé em um quarto de hóspedes.

O homem declarou seu nome, idade e que seu emprego era um promotor imobiliário.

A cena parecia muito estranha e deixou Rachel extremamente desconfortável.

Ele não conseguia entender por que Samantha teria um DVD assim.

Rachel se levantou e estava prestes a desligar o DVD quando, de repente, ouviu a voz de Samantha vindo da televisão.

Ele estava começando a dar ordens ao homem nu.

Rachel sentou-se para continuar assistindo.

O homem nu na tela se acariciou.

Seu pênis pequeno tornou-se um pouco maior e mais rígido.

O homem se ajoelhou quando a voz de Samantha o ordenou.

Samantha apareceu na tela e Rachel quase engasgou.

Samantha apareceu no vídeo usando um espartilho de couro apertado, mostrando os braços e as pernas.

Havia um longo consolo amarrado entre as pernas de Samantha, que devia ter pelo menos quinze centímetros de comprimento.

Samantha ficou na frente do homem ajoelhado, e o homem começou a sugar seu pênis do cinto com entusiasmo.

Tudo o que Rachel podia fazer era parecer quase em choque.

Fiquei completamente incrédula que Samantha fizesse isso com um homem.

Seus instintos lhe disseram para desligar o DVD, mas ele não conseguiu.

A tela havia se tornado hipnótica.

No vídeo, Samantha ordenou que o homem se levantasse e se inclinasse sobre a cama.

Ele fez isso com entusiasmo.

Samantha então aplicou uma grande quantidade de lubrificante no brinquedo sexual e se posicionou atrás do homem.

Rachel engasgou enquanto observava Samantha penetrar no homem.

Era tudo o que Rachel podia suportar.

Ele se levantou e desligou o DVD.

Quando ele colocou o DVD de volta em seu lugar na coleção, ele viu outro vídeo marcado como Anna em 23/05/2019.

Foi gravado há apenas alguns meses e o protagonista deve ter sido uma mulher.

Rachel ficou curiosa e inseriu o vídeo e sentou-se na cama.

O vídeo mostrou uma mulher madura e nua.

A mulher tinha cinquenta e poucos anos.

Obviamente uma dona de casa.

O vídeo também foi gravado na mesma sala, mas desta vez Samantha estava segurando a câmera e conversando com a dona de casa.

Samantha ordenou que a mulher se ajoelhasse e rastejasse até a boceta de Samantha.

A mulher habilmente praticou sexo oral na buceta raspada de Samantha.

Rachel ficou impressionada com a luxúria que sentiu ao assistir ao vídeo de sexo em casa de Samantha.

Ele se abaixou e se tocou enquanto olhava.

Ela começou a brincar com sua buceta.

Lesbianismo e submissão nunca foram suas fantasias, mas havia algo fascinante nos vídeos caseiros de Samantha.

Rachel continuou esfregando sua buceta até o vídeo terminar.

Então ele tocou outro vídeo, desta vez de um casal.

O tempo passou e Rachel já tinha assistido mais alguns vídeos.

Ela gozou poderosamente assistindo pornô caseiro.

Fazia muito tempo desde que ela sentira um orgasmo tão bom.

Ela fechou os olhos para descansar um pouco.

* * *

Rachel acordou e sentiu um dedo esfregar sua pele.

Os olhos dela se arregalaram.

Ainda era noite.

Ela olhou para cima e viu Samantha em pé sobre ela com um sorriso no rosto.

"Vejo que você gostou da minha coleção", Samantha sorriu.

Rachel rapidamente cobriu sua boceta.

"Oh Deus. Sinto muito. Devo ter adormecido."

"Não há nada para se arrepender. Você encontrou algo que gosta. Agora estamos prontos para o próximo passo."

As duas mulheres se entreolharam.

Houve um breve momento de silêncio entre eles.

E havia também um entendimento silencioso de que as coisas ficariam muito mais interessantes.

TERCEIRA PARTE:
Escravidão é o nosso prazer

CAPÍTULO 11

O café da manhã foi quase desconfortável na manhã seguinte para Rachel.

Foi a primeira vez em sua vida que ela foi pega se masturbando.

Ele tinha um sentimento de vergonha e desconforto.

"Você deve ter muitas perguntas", disse Samantha.

"Alguma coisa."

"Não seja tímido. Vamos ouvi-lo."

"O que exatamente você estava fazendo nesses vídeos?" Rachel perguntou.

"Pessoas diferentes têm fetiches diferentes. Isso é um fato da sexualidade humana. Eu simplesmente presto um serviço para esses fetiches."

"Você é algum tipo de dominadora, ou como é o nome dela hoje?"

Samantha sorriu.

"Quando eu quero estar. Ou se alguém precisar da minha ajuda."

"Você chama isso de ajuda?" Rachel perguntou, arqueando a sobrancelha.

"Claro que sim. Você viu o quanto essas pessoas corriam?"

Rachel de repente se sentiu tímida.

"Você estava ... hum ..."

"Vá em frente. Basta perguntar. Eu não vou morder."

Rachel respirou fundo.

"Você estava pensando em fazer alguma dessas coisas comigo ou com Roger? Esse era o plano o tempo todo? Roger quer ser sodomizado por uma trela? Ele quer me ver fazendo sexo oral com uma mulher?"

"Essas são as grandes questões, não são?"

"Você vai me dar uma resposta?"

Samantha parou drasticamente por um longo tempo enquanto bebia o suco espremido na hora.

"A resposta é essa", respondeu Samantha. "Seu marido não tem idéia do que ele quer. Ele sabe que quer uma vida sexual melhor. Ele sabe que não quer fazer sexo com uma mulher sem emoção toda semana."

"Roger me chamou de uma mulher sem emoção?" Rachel perguntou com sentimentos feridos.

"Não com essas palavras. Mas pela maneira como ele descreveu sua vida sexual, você também pode não ter emoções."

"Então, o que você acha que Roger quer? Para eu ser submissa como as mulheres em seus vídeos?"

"Talvez. Foi para isso que foi essa viagem. Infelizmente ele ficou ocupado e eu não posso ajudá-lo. Mas, felizmente, você está aqui."

"Você está brincando comigo?"

"Não. Ele não está. Posso dizer que ele não está. Mas ele está perto de fazer isso. O sexo que você fornece é inapropriado para um homem como ele."

"Oque tenho que fazer?" Rachel perguntou.

"Faça o que eu mandar. Vista como eu instruí. Chupe o pau dele como eu te ensinei. Na verdade, eu espero que você lhe dê um boquete todas as manhãs antes do trabalho, e novamente quando ele chegar em casa. Sem desculpas." não para ".

Rachel acenou com a cabeça.

"Eu posso fazer isso."

"Mas ainda há mais a aprender. O sexo oral não resolve tudo, acredite ou não."

"E o que é isso?"

Samantha lançou-lhe um olhar malicioso.

"Nós vamos ter que descobrir depois do café da manhã."

CAPÍTULO 12

Havia uma tensão perceptível no ambiente quando Rachel seguiu Samantha para uma sala privada na mansão.

O quarto tinha paredes lisas e móveis simples.

Havia uma cama pequena com apenas dois pés de altura.

A cama estava simplesmente coberta, sem cobertores ou travesseiros, apenas um lençol.

"Não vamos perder tempo", disse Samantha. "Seu marido quer uma esposa submissa. No fundo, acho que você anseia por uma figura sexual dominante."

"Eu discordo totalmente", disse Rachel com firmeza.

"Oh?"

"Não acho que Roger me ame assim. E certamente tenho meus limites. Sempre achei que um relacionamento adequado se baseia na igualdade".

"Mesmo durante o sexo?"

"Sim."

Samantha lambeu os lábios.

"Você tem muito a aprender hoje."

"Vou manter a mente aberta para o que você sugere."

Samantha acenou com a cabeça.

"Eu trouxe você aqui por um motivo específico. Esta é uma sala para iniciantes. Você ainda não está pronta para a sala de escravidão."

"Parece intimidador."

"Intimidando de um jeito bom. Mas, por enquanto, vamos nos contentar com esta sala porque é fácil limpar depois de um desastre."

"O que isto quer dizer?" Rachel perguntou.

"Isso significa que eu vou fazer você gozar. O caminho certo. Eu vou lhe mostrar como é um verdadeiro orgasmo."

"Samantha, eu aprecio tudo o que você está fazendo por mim, mas realmente não acho que seja necessário."

"Claro que sim", respondeu Samantha com firmeza. "Você não pode se tornar um verdadeiro submisso, a menos que tenha sentido os prazeres dele. Vamos começar devagar. Vou facilitar um novo estilo de vida para você."

Rachel foi atingida pela palavra estilo de vida.

As coisas estavam prestes a ficar mais interessantes.

E eu estava curioso para saber para onde as coisas estavam indo.

"Bom", ela respondeu. "Não vou discutir. Não vou reclamar. Farei o que você pedir."

"Quero ver você por trás. Quero você nua da cintura para baixo. Então deite na cama. Mantendo os pés no chão."

Rachel estava preocupada com o pedido.

Mas ela fez de qualquer maneira, já que dissera que faria sem discutir.

Ela tirou tudo deixando sua bunda no ar e cuidadosamente colocou suas roupas na cama.

Agora ela estava de pé com seu arbusto moderadamente peludo exposto a Samantha.

Então ele se deitou na cama pequena com os pés ainda no chão.

"Você terá que se barbear mais tarde", disse Samantha, olhando para os pelos pubianos.

"Meu marido gosta."

Faça a barba hoje, não se preocupe, ela voltará a crescer.

Rachel revirou os olhos.

"Óbvio."

"Agora abra suas pernas. Largas."

Rachel fez isso.

Ela abriu as pernas e deu a Samantha uma visão clara de sua vagina.

Ela se sentiu insegura mostrando sua boceta madura para uma bela jovem, mas ela supôs que havia um propósito por trás de tudo.

"Feliz agora?"

"Buceta linda", Samantha apreciou. "É lindo."

"Você vai ficar lá e olhar?"

"Claro que não. Se você não se importa, eu vou amarrar suas pernas na cama antes de fazer você gozar. Relaxe, eu prometo que você vai gostar."

Samantha pegou algo debaixo da cama e puxou uma corda que costumava amarrar os tornozelos de Rachel em postes opostos na cama.

Tudo foi feito com precisão especializada.

Samantha era claramente uma especialista em cordas e escravidão.

Quando ele terminou, as pernas de Rachel estavam espalhadas em um estilo de águia, amarradas, e sua boceta estava aberta.

Um zumbido alto ecoou na sala.

"Que diabos é isso?" Rachel perguntou, olhando para Samantha.

Samantha levantou um grande brinquedo sexual vibratório, que parecia e soava como uma ferramenta elétrica.

O dispositivo tinha um topo vibratório projetado para estimular o clitóris de uma mulher.

"Isso vai mudar sua vida para melhor. Agora relaxe."

Rachel estava deitada de olhos arregalados na cama.

A coisa estava se aproximando entre as pernas dela.

Samantha parecia que estava prestes a realizar um procedimento médico com o forte dispositivo vibratório.

O topo vibratório se aproximou da boceta exposta.

O poderoso vibrador tocou a ponta do clitóris de Rachel.

"Aaahhhh !!!!" a dona de casa madura gritou de dor.

Samantha se afastou por um momento.

"Relaxe. Relaxe, querida. Apenas relaxe enquanto eu cuido de você."

A poderosa vibração foi trazida de volta ao clitóris.

Rachel gritou novamente.

Ele poderia ter implorado para Samantha parar.

Ela poderia ter se sentado e empurrado Samantha.

Ela poderia ter lutado.

Mas ela não fez.

Rachel simplesmente deitou na cama e absorveu a intensa estimulação.

Embora fosse doloroso, houve também um pequeno lampejo de prazer.

O prazer cresceu e cresceu.

Rachel continuou angustiada, mas tentou relaxar seu corpo.

Ela aceitou o sentimento poderoso.

Suas pernas estavam puxando e lutando contra a corda, mas isso não ajudou.

As pernas dela não podiam se mover.

A sensação em seu corpo estava em conflito.

Ela queria resistir, mas também queria permitir que os sentimentos fluíssem.

Ela continuou a gemer e atirar na cama.

Samantha pressionou a palma da mão no corpo da dona de casa.

Então ela empurrou o dispositivo sexual vibrando com força contra o clitóris.

A estimulação foi irreal.

A dona de casa madura gritou de agonia e prazer.

Suas pernas lutavam contra a corda com todas as suas forças.

Foi uma batalha perdida.

Quando Samantha inseriu dois dedos dentro de sua vagina, entrando e saindo, Rachel veio.

Ela estava correndo e correndo.

Ela esguichou e esguichou mais de seus sucos.

Foi um orgasmo úmido que fez uma verdadeira bagunça em todos os lugares.

As costas de Rachel se arquearam violentamente.

Os dedos dos pés se curvaram.

Ele fez caretas estranhas enquanto estava quase irreconhecível por um tempo.

Então seu corpo ficou completamente mole.

Samantha desligou o aparelho e sorriu para o trabalho.

Ele abaixou o aparelho e desamarrou os tornozelos da dona de casa.

Ela se sentou na cama e esfregou os cabelos de Rachel, notando o quão bonita ela estava.

"Não lute para conversar ainda", disse Samantha, ainda esfregando os cabelos de Rachel. "Apenas relaxe. Aproveite sua felicidade. Tenho certeza que seu clitóris deve estar doendo agora."

Rachel acenou com a cabeça.

"Sim."

"Descanse. Deixe seu clitóris se recuperar. Vamos continuar treinando ainda hoje."

Samantha se inclinou para beijar Rachel na testa, depois na bochecha e depois nos lábios.

CAPÍTULO 13

O tempo passou sem pressa.

Almoçaram juntos e conversaram sobre coisas normais.

Uma amizade cresceu entre eles.

O assunto do sexo nunca havia voltado à tona, e o clitóris de Rachel teve tempo suficiente para se curar do ataque vibratório.

Rachel tirou uma soneca no meio da tarde e, quando acordou, havia um lindo vestido preto em sua cama.

Um par de sapatos de salto alto também estava na cama.

Havia uma nota manuscrita em cima do vestido.

A nota dizia:

Tome um bom banho longo. Em seguida, aplique sua maquiagem como eu te ensinei. E depois vista seu vestido e os saltos com mais nada por baixo.

Vamos nos encontrar lá embaixo na sala de escravidão às seis da tarde. A porta será destrancada. "

A nota foi assinada por Samantha.

Um formigamento cresceu entre suas pernas.

Rachel saiu da cama e tomou banho.

Ela se secou e olhou para seu reflexo nu no espelho antes de aplicar a maquiagem.

Ela aplicou cada produto cosmético exatamente como Samantha havia lhe ensinado.

Rachel colocou o vestido na frente do espelho do quarto.

O vestido era elegante e sexy.

Ela ficou maravilhada com o reflexo dele.

Ela parecia uma mulher muito diferente.

* * *

Ele desceu exatamente às seis da tarde e depois desceu o corredor.

Era fácil descobrir onde ficava a sala da escravidão.

Era o único quarto da mansão onde a porta estava sempre fechada.

Agora a porta estava aberta e ele parecia estar chamando por ela.

A sala de escravidão parecia chata em comparação com o resto da casa.

Era uma sala de tamanho médio, sem nada de valor.

Havia algumas mesas e cadeiras.

Havia outros itens de aparência interessante, como uma corda pendurada no teto e dispositivos de aparência estranha que pareciam ásperos.

Rachel entrou na sala e deixou seus olhos vagarem sobre ela.

A antecipação cresceu.

"Era isso que você esperava?" A voz de Samantha disse por trás.

Rachel se virou e viu Samantha vestida com um espartilho de couro vermelho e botas pretas.

Ela mostrou seus braços e pernas tonificados, e seu cabelo estava puxado para trás.

Ela estava vestida como uma verdadeira dominadora.

Samantha então fechou a porta.

"Eu estava esperando um pouco mais, para ser honesto", disse Rachel, escondendo os nervos.

"A maioria das pessoas espera mais da minha sala de escravidão. Mas eu prefiro a simplicidade. Gosto de ter esse elemento de surpresa."

"Que queres dizer?"

"Eu gosto que as pessoas subestimem esta sala", Samantha sorriu. "Além disso, é irrelevante que tipo de brinquedos e dispositivos são usados. É a vontade de enviar e o poder dominante sobre o submisso, que cria um bom relacionamento erótico de BDSM. Não os brinquedos".

As mãos de Rachel apontaram para o quarto.

No entanto, aqui estamos. "

"Não me interpretem mal", disse Samantha, caminhando em direção à dona de casa. "Adoro usar brinquedos. E também amo cordas. Eles melhoram meu poder sobre os submissos de várias maneiras".

"O que você vai me fazer?"

Os olhos de Samantha olhavam para cima e para baixo para a dona de casa.

"Eu esqueci de mencionar como você está linda nesse vestido. Parece perfeito para você, mostrando todas as suas curvas. E sua maquiagem, estou impressionada. Você aprende rápido."

"Obrigado. Você parece ... umm ... atraente nessa roupa."

"Eu sempre tento parecer o meu melhor."

"Então o que você vai fazer comigo?" Rachel perguntou novamente, quase desesperada para saber.

Samantha deu um passo à frente e aproximou os lábios da orelha da dona de casa.

"Eu vou amarrar você", disse Samantha suavemente. "Então eu vou fazer você gozar várias vezes. Você pertence ao seu marido. Mas hoje à noite você pertence a mim. Sua boceta pertence a mim. E seus orgasmos também a mim."

Os olhos de Rachel se arregalaram.

"Oh. Eu ... uh ..."

"Suponho que Roger nunca te amarrou."

"Nunca."

"Perfeito. Eu amo ser a primeira pessoa. Fique quieta."

Rachel ficou parada, timidamente, em seu vestido caro, enquanto observava Samantha girar um dispositivo na parede.

A corda pendurada no teto desceu para onde Rachel estava.

"Você vai me amarrar com isso?" Rachel perguntou.

"Há algum problema?"

Rachel sacudiu nervosamente a cabeça.

"Não."

"Tudo bem. Agora me dê suas bonecas."

Samantha usou a corda macia e habilmente amarrou os pulsos de Rachel.

O nó estava apertado.

As mãos de Rachel estavam atadas.

Ele não fez resistência.

Depois que ela amarrou a corda a ele, Samantha voltou à parede e girou o dispositivo na direção oposta.

Isso fez as mãos de Rachel subirem acima da cabeça.

Nada muito doloroso, mas o suficiente para impedir Rachel de se mover.

"Confortável?" Samantha perguntou com um meio sorriso.

Rachel quase tremeu enquanto estava com as mãos amarradas sobre a cabeça.

"Meus pulsos doem."

"Dói porque você está lutando. Relaxe. Entregue-se a mim."

Samantha abriu uma gaveta próxima e procurou dentro.

Ele puxou uma faca e caminhou lentamente em direção a Rachel com um sorriso malicioso, acenando com o objeto afiado.

"Oh, meu Deus!" Rachel ofegou com medo, pensando que algo horrível iria acontecer. "Por favor, não! Meu Deus! Meu Deus!"

"Não seja bobo. Eu não vou te machucar. Bem, não do jeito ruim."

Samantha levou a faca ao topo do vestido de Rachel.

Então ela cortou, dividindo o vestido ao meio.

Samantha colocou a faca em uma mesa próxima e depois abriu a parte superior do vestido, expondo os dois seios redondos de Rachel.

"Agora você parece uma verdadeira prostituta", Samantha sorriu. "Maquiagem excitada, cabelo bonito, saltos caros e um vestido rasgado que expõe seus velhos peitos caídos. Todos os sinais de uma prostituta. Você não concorda?"

Rachel assentiu nervosamente.

"Sim."

"Eu sempre sigo a regra dos dez centímetros. Diga-me, qual é o tamanho do pênis do seu marido?"

"Cerca de quinze centímetros", Rachel admitiu.

"Roger tem doze centímetros, então eu adiciono outros dez centímetros. Que é um total de vinte e dois centímetros."

Samantha abriu outra gaveta para pegar um vibrador de dez centímetros.

Ela olhou para ele, espantada com o tamanho.

Então ela colocou uma alça em volta da virilha e amarrou o vibrador de dez centímetros.

"Você vai colocar isso dentro de mim?" Rachel perguntou nervosamente.

"Eu vou estragar você com isso", respondeu Samantha, aplicando lubrificação no objeto sexual. "Você já fez sexo em pé?"

"Não."

"Outra primeira vez."

Samantha ficou na frente de Rachel.

Eles estavam cara a cara, a apenas alguns centímetros de distância.

Samantha estava segura e calma.

Rachel estava uma bagunça nervosa.

A tensão sexual estava espessa no ar.

Samantha se inclinou para frente e deu um grande beijo nos lábios de Rachel.

Foi bom no começo.

Então mais apaixonado.

Então ficou mais difícil.

Samantha mordeu gentilmente o lábio inferior de Rachel.

Então eles continuaram se beijando com a língua.

Enquanto eles se beijavam, Samantha abaixou as mãos e levantou o vestido de Rachel.

Então ele guiou a ponta do pênis do cinto até os lábios de Rachel.

Rachel abriu as pernas enquanto estava de pé.

O vibrador apontou para sua vagina.

"Eu vou te penetrar agora", Samantha sussurrou no ouvido de Rachel.

"Seja gentil."

"Não", Samantha sussurrou.

Enquanto as duas mulheres continuavam entrelaçadas, Samantha deu um forte empurrão e entrou na boceta de Rachel, causando um suspiro audível.

Samantha deu outro empurrão e entrou mais.

O objeto sexual estava ficando mais profundo.

Em um ponto, o objeto sexual de 22 centímetros foi completamente enterrado dentro da vagina.

Rachel estava gemendo e suas pernas estavam se agitando.

Samantha mostrou sua força física segurando firmemente as duas coxas de Rachel no ar.

Rachel estava completamente fora do chão, com as mãos penduradas na corda no teto.

Seus pés e calcanhares batiam loucamente com Samantha segurando as pernas.

"Não lute", disse Samantha, segurando a dona de casa no ar. "Quanto mais você luta, mais doerá. Renda-se a mim."

Samantha se recostou e deu outro empurrão forte, empurrando o vibrador mais fundo em sua boceta.

As mãos de Samantha mantinham uma trava firme nas pernas de Rachel.

Rachel ficou no ar enquanto a dominadora a penetrava.

Eles estavam fodendo.

Eles olharam nos olhos um do outro.

Rachel estava chorando e gemendo.

Mas ela nunca disse a Samantha para parar.

Ela não se atreveu, mas também não queria.

Fazia parte do treino, e ele começou a se sentir agradável quando seu corpo se ajustou ao tamanho.

Seus cabelos estavam despenteados, assim como seus pés.

Ele gostava de ser fodido por Samantha.

Seu corpo estava pegando fogo.

Os pulsos de Rachel doem.

A pele ao redor de seus pulsos estava ficando um tom vermelho escuro enquanto seu corpo pendia no ar.

Mas a dor em seus pulsos não era nada comparada à sensação de sua vagina.

O grande brinquedo sexual estimulou os nervos dentro de sua vagina que ela nunca soube que existiam.

Os empurrões continuaram.

Ela gritou e gritou.

Ela chorou e chorou.

Ela gemeu e gemeu.

"Venha para mim", disse Samantha, olhando para a dona de casa com prazer. "Venha para mim, sua velha puta suja."

Rachel empurrou seus quadris.

"Não sou velho!"

Um orgasmo atravessou seu corpo.

Rachel gritou no topo de seus pulmões.

As costas dela se arquearam violentamente.

Ela jogou os sapatos de salto alto pelo quarto.

Os fluidos da pequena vagina de Rachel espalharam-se por toda parte, deixando um trabalho sério para a faxineira.

Quando o orgasmo cedeu, os olhos de Rachel se voltaram e seu corpo relaxou.

Samantha soltou seu abraço e Rachel pendurou quase desmaiada da corda em volta dos pulsos.

Samantha abaixou a corda e o corpo semi-consciente de Rachel estava no chão em uma piscina de seus próprios sucos quentes.

Quando Rachel conseguiu abrir os olhos, viu Samantha tirando o espartilho, ficando completamente nua.

Rachel não pôde deixar de invejar o corpo nu perfeito de Samantha.

Samantha sentou no chão e brincou com os cabelos de Rachel.

"Roger tem sorte de ter uma prostituta orgástica como você", Samantha sorriu totalmente nua.

"Eu nunca vim assim antes. Nunca."

"Estou feliz por ter te servido por isso. Mas lembre-se, eu sou a dominadora, você é a submissa. Isso é para o meu prazer, não o seu. E até agora, eu ainda não vim."

Rachel levantou uma sobrancelha.

"Que tem em mente?"

"Você já comeu uma buceta?"

"Não."

"Que virgem você é em tudo. Deslize na minha direção. Coloque seu rosto entre as minhas pernas."

Rachel fez o que foi instruído a fazer.

Ela rastejou até seu rosto estar a centímetros de sua vagina.

"Beije meus lábios", ordenou Samantha, referindo-se à própria vagina. "Eu amo que eles me beijem."

Rachel obedeceu, beijando a camada externa da buceta raspada de Samantha.

"Lamba como um picolé. Então enfie a língua dentro como se não comesse há dias."

Rachel seguiu as ordens, lambendo sua vagina e testando os fluidos externos.

Sua língua sentiu cada ponto em seus lábios.

Então ele enfiou a língua dentro, lambendo e chupando.

Foi a primeira vez que ele comeu uma buceta, e ele percebeu que tinha um gosto bom.

"Tudo bem", Samantha gemeu. "Continue assim. Continue lambendo como um bom gatinho."

A dona de casa, outrora recatada, primitiva e adequada, rapidamente se tornou uma especialista em comer vagina.

Ela lambeu e chupou com entusiasmo.

Sua língua acariciou para cima e para baixo.

Momentos depois, Samantha veio e deu um grito agudo.

Suas pernas tremiam, então ela relaxou.

Os olhos de Samantha se iluminaram.

"OMG. Quem sabia que você poderia fazer isso tão naturalmente?"

Rachel sorriu e descansou a cabeça na coxa de Samantha.

"Você sabe bem".

"Assim você acha?" Samantha perguntou retoricamente.

Rachel beijou a coxa da dominadora.

"Sim."

As duas mulheres continuaram seu momento de conforto mútuo.

Rachel fechou os olhos e descansou a cabeça na coxa da dominatrix.

Samantha olhou para a linda dona de casa e acariciou seus cabelos.

CAPÍTULO 14

Dias depois.

Depois de pegar sua bagagem, Rachel empurrou um carrinho com duas malas para dentro: uma com suas roupas normais e a outra que Samantha havia lhe dado.

Ela viu o marido esperando lá fora.

Grandes sorrisos foram devolvidos.

Roger ficou feliz em ver sua esposa tão bronzeada e relaxada.

Ele correu para Rachel.

Ela parou o carrinho e deu-lhe um grande abraço sufocante.

Foi um momento especial.

Ela queria que aquele dia fosse um novo começo para seu casamento.

"Eu senti tanto a sua falta", disse Roger.

Rachel colocou os lábios no ouvido dele e sussurrou: "Você vai me levar para casa e me amarrar na cama do quarto. Então você vai colocar seu pau na minha garganta. E então você vai me foder. Entendeu?"

Ele se afastou um pouco para dar uma boa olhada em sua esposa, espantado com a linguagem suja dela.

Havia um brilho especial nos olhos de Rachel.

Uma fome

Luxúria.

Roger percebeu que sua esposa era uma mulher diferente.

Roger assentiu, aceitando o convite.

Rachel sorriu e o beijou.

FIM

69

Don't miss out!

Visit the website below and you can sign up to receive emails whenever Erika Sanders publishes a new book. There's no charge and no obligation.

https://books2read.com/r/B-A-IGGS-IKPNC

BOOKS2READ

Connecting independent readers to independent writers.